文月にはぜる

藤井章子

思潮社

文月にはぜる

藤井章子

思潮社

I

装幀＝思潮社装幀室

I

文月にはぜる

文月にはぜる。夏草にひそむおうんおうんという音がはぜ　にいにいぜみの耳のなかが酢漬けになるほどじいんじいん鳴く声がはぜる。はぜる二つの音は　まだたっぷり含んだ水質の青臭い空気の　人の皮膚のかたちをしている層にいつのまにか　かすめとられて。すこしだいだい色の皮膚に麻の包帯がぐるぐる巻きに　すぐにはほどけそうもない。うるんだ匂いをした微風にのってただよう姿態は　こころもに似て。

文月にはぜる。ほどけそうもないはずだった
ごわごわする麻の包帯のころもが　前をはだ
けてそりかえって　でんぐりがえって　身を
よじって透きとおる宙を舞う。とどまること
もなく　くるりくるり興にのった勢い。舞い
は熱をおびて夏のしじまをまきこんで　滅び
の隙間もあたえずにせきをきったように舞う
ので　ついに全裸になって。

文月にはぜる。全裸になって　ころもはころ
もにもなれなく　夏草にひそむおうんおうん
という音と　にいにいぜみの耳のなかが酢漬
けになるほどじいんじいん鳴く　二つの音に
もなれなく。麻の包帯はかろうじて　全裸か

ら　かさついて干乾びた傷跡を剝ぎとる。舞えなくなった全裸の　蒼白な肉付きや　痩せ細った筋肉の胴体や腕や脚や　こきざみにはく息づかいや

文月にはぜる。こごもる暑気でなよんだ風にかわり　両手と両足の爪の先へ足早やにむかってほのみえる季節の罠　回遊する網の目にまんまとひっかかって　文月という月はみずからをいらだたせ　はぜることをおもいとどめる。

みずごもる睦月

みずごもる睦月　裸身を大きく開いてミズゴケのみどり色をあられもない姿態のまま　陽に干しつづけひどくひりひり痛んだいっときの月日。むうおむうおとした湿り気にひたされて　たっぷり茂る下草のひだに　隠れては水を身ごもる　したたかにたくわえる　苔のゆたかな羊水。

みずごもる睦月　ひらたくひくく土質のわずかにのこる水の色とか匂いとか肌ざわりとか

したした流れる音とか。さがしもとめるミズゴケのあふれわきだす生きいそぎに　わずかにのこる欲深さとか。みどり色がちゃの色に変色していく。ほろ苦く甘ずっぱい味覚が舌の先をしびらせ　つぎのゆらぎを予告して。

みずごもる睦月　裸身をきつく閉じてミズゴケのちゃの色は錆びついていく陽の（死者のためのグレゴリオ聖歌）　とおなじ地衣類で合唱曲の系統に属する　ウチワゴケやサギゴケや。蒼ざめていく苔の表皮をさえざえ　凍える海や川や池や沼地の。風と雪と氷と。それとなくたゆんでいく。それとなくほろんでいく。

みずごもる睦月　ミズゴケのみどり色を犯し
ていく水のそとがわの思惑や　水のうちがわ
の邪気や　しつこくまとわりついて。むうお
むうおとした湿り気におしつぶされる睦月と
いう月とか。声が裂けてもとどかない水にま
つわるしがらみとか。暗黒のしじまへすべて
ひきずりこんで　みずごもる。しばらくのと
きを待つ。じっとして。じわっじわっと朱の
色した芳香がいったいにただよう　やわらか
い水色のミズゴケにであうまで。

とろみのある葉月

とろみのある肌足を窓辺から出して　不器用にそばだつ葉月。らあ油のなかに深くおぼれるように漬け込む。外皮のないカボチャの種はみじん切りに　タマネギとかニンニクは千切りに　ニワトリがみずからをかきむしった羽毛は細かくていねいに裂いて。奇想のかたちに気をくばって　一つの瓶へ欲深そうでいて　辛味の強くたちのぼる赤黒い液体のなかへ　差し込む。

とろみのある肌足を窓辺から出して　不器用にそばだつ葉月。らあ油に漬け込んだ外皮のないカボチャの種の舌の先にしたたかにのこるこりんこりんとか　タマネギやニンニクの喉をこそげるいがらっぽさ。ニワトリがみずからをかきむしった羽毛の細かい傷あと　すこしすえて酸味の匂いがしばらく消えなくて。らあ油の赤黒い色にひとつひとつの異なる種類が　とろみながら　まどろみながら　かさなりあいながら　いたみあいながら　一つの瓶のなかで交感しあい。二十日もすればあざやかな赤黒色に染めあがり　ほどよく漬かって食べられる。

とろみのある肌足でかけぬける葉月。とろりと仕上げた一つの瓶詰と　なにごとにも耐えられるはずのとろりとしたとろみにからみとられた肌足と。暑気の力みがはげしくてゆがんでいく　ねじれていく　うずもれていく。
「ほら、ここに……」といって　いまから狂おうと準備している。

淡々《あわあわ》しい魚の群れ

淡々しい魚の群れが垂れ糸となって怪異のようにに渦を巻いて　濃紺色のただなかへかゆくてすこしひりひりと痛みをともなう水の流れ。鱗のひとつひとつは果実の外果皮のかたい質感におおわれているが　すぐ内側はねばねばして人の皮膚のやわらかい味。海のなかで生きるために　ひと群れの息ぶき　ゆれゆれたゆたいつづけるために脈うつ。

淡々しい魚の群れの　淡々しくて小さな魚形

のひとつひとつの歯ぎしりでつくられた鰭が息づかいのしかたをかえて　気泡が淡々しいいろ　乳いろっぽく　うす紅いろっぽく　あかるい緑いろっぽく　尾となして傷のかたちで群れのあとを追いすがる。骨が海水の湿度をこえて溶けだしていくまで　潮にむせかえり酔いしれて遊びまわり。

淡々しい魚の群れの　北方へとがむしゃらにめざして　海水の湿り気にさらにふくらみさらされいたみつけられながら　魚の鱗のうちがわ　肉や骨や血やをかたくして　きつくかためて　蒸れて溶けていくのをとどめようとする。鱗のひとつひとつは果実の外果皮のかたい質感におおわれているが　すぐ内側はね

のまま
ばねばして人の皮膚のやわらかい味。
北へ北へ　はしなくも蒸発して。

水無月の夜

沁みとおっていく青の　それとなく青色した
水　ともいうべき水のにおいのただよう街を
とおりぬける。先のほうに水道管のかたちを
した暗くてほそい内側にはいりこんでいくに
したがい　にぎやかな屋台の皮膚にべたりは
りついてくる煮物や揚げ物の　みちあふれる
厚みをたっぷり含んだ夜市へすりよる。そこ
はおおくの店やこじんまり灯る裸電球にうか
びあがった屋台がひしめいて　小物の雑貨や
とか靴やとか衣服やとか　豚の鼻が上をむい

て頭だけ置いてある飲食店とか。もはや薄墨
をとおりこした薄墨色　ともいうべきなかに
焔にからめとられて筒状になった空間　にぎ
わいにわく店と店の合間をひとすじの髪の毛
として流れていくもの。

甘みを含んだすこし潮っぽい水の流れに　闇
にしか成り立たない夜市の　からめとられて
いく　かすめとられていく　しぼりとられて
いく　行き場をうしなった一つの集落のよう
に　知の終焉のように。

水無月の夜。沁みとおっていく青色した水の
底　えぐられるように沈みこんでいる一つの
集落　その頭蓋骨や胸骨やろっ骨や恥骨や両

腕骨。この先もひらかれていくこともない地下の流れのきよらかでうつくしい青のたゆたい　ゆるりとした深いところで刺して。

迷宮

マラッカ海峡が大柄なシダの葉の　すだれご
し　降りしきる霧の雨のむこうがわにすけて。
うんうんと首を傾けてみせる　東南アジアの
大きな花と花のあいだに　ひらべったくかす
むあっちの陸と　むらがる建造物であふれる
こっちの陸と。

熱っぽくほてったトケイソウの　赤い花びら
に行く手をはばまれる。高温多湿のさなか
ひたひたにひたって育つ植物の　血の色にそ

まった時計の姿を真似るふぐあい　針状の突
起が花心からおおらかでずぶとく突きでる。
花にもまして太くて頑丈な蔓がおいしげる重
みに　いくえにもかさなりつらなる親族が
繁みのあわいに見え隠れする。この地の土質
にふかくこく　染み込んでしまった血や肉や
骨や　にがにがしく過ぎさっていったおおく
の時や。うねったような暑気のなか　迷宮の
ようにひどくからんでみえる。

海峡のあっちの陸とこっちの陸。大柄なシダ
の葉のすだれごし　海の　にぶくひかるサメ
の背がながながよこたわる。ぬらぬらとした
油のぬめりが　繁みのあわいに見えたり隠れ
たり。大柄な葉のシダとか赤い花びらのトケ

イソウとか　鬱気にあえぐこともなく　言葉
が沈んだり殺されたり消滅したりすることも
なく。あっちの陸とこっちの陸は　ありきた
りの姿態とのどかな手足の仕草でつながって。
まるで遠い昔から　ひそかにしこまれつづけ
ていたかもしれない種族によって置きざりに
された　迷宮のように。海峡とあっちの陸と
こっちの陸と　白くのびのびとただよい　な
めらかでここちよい霧が裂けてきたいま　迷
宮は多湿の深みにおちこんで　病んでいる。

螺鈿

卯月に走るために嵌める
温度が高みへはいのぼるまえに
臓物をひそかに抱えるために
内側はつるつるとして
真珠色を咲きそろわせる
輝かせて人の息の根をとめるほどに
あやしくかおる脂粉にまみれ
なま暖かさになれしたしむまえに
オウムガイの
おさまる場所に嵌め込まれる

あばれる臓物をなだめすかす
外郭と内皮をわけるつるつるとした
皮膜とみまがう皮膚の熱いほてり

皮膚はかつて衣服だった
火色に染まることは
定められた居どころに
嵌め込まれる居心地の
はしたないほどの
ここちよさにゆるりゆれたり
身だしなみのわるさに
さいなまれつづける
皮膚の生き方

卯月に走るために嵌める

息が詰まりとだえそうになるまで
走ることで
皮膚は穿たれた数えきれない穴に
とぎれもせずに注ぎこまれる色の
豊かにさんざめく衣服をまとい
やがて肉色に変色するまで
じっくりと時をかけてしあげる

遽走《そそばし》る船

ひとは繰り返し繁茂しつづけることが最高のさんざめくとき　またはきわどく泡立ちながらすべてを喪失するときも　たわいなくタイラガイになって身動きを鈍くさせ。ひと夜かけて空調装置はくずれ　土質は水としていつのまにか質をかえて　ところかまわず流れだして。ひとは繰り返しひとを産みつづける。

遽走る船　ありきたりな陽をやわらげる翳もなく　いくつかの内臓も殻のままに骨の重み

だけをたよったままのひとの群れでなりたつ
陸をへだて　じゅうじゅうと滴り落ちる汗の
蒸発音のように海を走りに走る。舳先にただ
よう濃い霧が喉にからみついていつまでもは
なれなくても　いそいで走る。

何も想い残すことがないはずの迷夢だって幼
い日のノートの細かくて乱れた文字がそそけ
だって　きりきりと声をあげながら藍色に染
まりなぶられながら　海の底へ落ちていく。
ひとの血脈のような流れのなめらかさに。

海はその重力をすっぽりなげすてて逆立し
みずからを変異してしまう。海原のやわい肌
の上　そよぐように凪ぐまやかしの笑みにお

びえつづけて　泡を喰みながら呼吸するいと
おしい遽走る船。

戦いでいる大都会

ニューヨーク

きみとわたしはひどくごわつく獣毛にすっぽり被われて反り返った家具類のすきまをぬうようにして　いまは枯れて流れ　ハドソン河のはるか昔の出外れの場所にどんよりとして河の藍色のにじみぐあい　肉体の干乾びぐあい　感覚の裂け目ぐあいをほどよい薄さにひきのばす。そうやってじりじり異物をやわらかくほどいていくのは　とても楽しい。きのうそこ　そこに流れていた水質らしきオレンジジュース。きょうの昼十二時には硬質にか

わり　そこに座りつづけて腐り。

ペンシルベニア駅から這い出して大通りへ
そこは禍々しいほどにひとからひとの口の外
へ　舌の先へ歩きながら走りながら　車をよ
けながら　トイレにかけこみながら　甕のな
かに　戦いでいるひとの群の口の内角をひろ
げあわあわ噴きだす音域のちがう類のことば
が　解毒作用のない輝きのような深みどりの
森さえのみこんで　ときの尾鰭をゆれゆれに
ぶいままに戦がせて　いくつも折り重なる皮
膚の差を解きほぐしていく。

きみとわたしはひらべったい底　喉からせり
あがっては涸れるひとの群の多くのしきたり

や巨大な建造物の群　日々の食べ物を噛む
しぶとくてわざとらしくて　蜜の香りのする
熱度に日ごと夜ごと追いつめられ。甕のなか
で　発汗しつづけるだろうか。

たわむ海峡

ふたつの陸に　ながながとしてとだえることのない刻　よせてはかえして　よせてかえして　ふたつの陸にまつわりつく　皺の深層。その傷口のように　たゆんでいく。波打ちぎわの清涼とか　とだえることのない泡立ちのくりかえすうごき。人と人のあいだにおこる秘かな舌うちやあらがいや　殺戮や。

マラッカ海峡。マレー半島とスマトラ島を約四十八キロの幅でむかいあわせる　洋皮のなめしに似てとろみをふくんだ海峡がにぶくひかる。かずおおくの船が貨物船　フェリー漁船。横にながれる視野を縦にへしおっていく　三本ほどの橋。いまちょうど一万噸ほどある商船が陸橋を透けて　すばやくくぐりぬける。船長の祖父がマレー半島側の甲板　身をのりだし　はげしく手をふる。祖父の汗があたりにとびちる。なめし皮の臭いと慈味あふれる潮の味。ながながとしてとだえることのない刻にうすく混ぜ合わされて　遠景へと吸いとられて。

ふたつの陸。刻がよせてはかえす。たわんでいく海峡はいま　たわんでいる暇もない。高温で湿っぽい資質が　ためらうこともなく

秘かにでもなく　海峡の軀体のなかへささっ
ていく。またよせてくる波が。

都市

アスパラガスを軟白するには　土の中の奥深くその茎葉を埋め込んでいく。はじめ滴り落ちるみずみずしい水分が満面にあふれ　生きつづけるために茎の先だけを残して　乳色へと混濁させて　緑色を失う。

都市が沈殿するのをただ見ていると　胸がざわついてくる。毎日ながめていた公園の公衆トイレのわきに繋っていたシイノキが　いつのまに切り倒されたときと同じに。その切り口が正午にさしかかる陽をあびて　鋭く白く光る。だれもその瞬間を見た人はいない。倒した者でさえ　もしかしたら見ていなかったかもしれない。小さな痛みがいつのまにか肥大していくのも　ここの特徴だとしたら。

アスパラガスを地中の闇の中で乳色に美しく育てあげるためにも　どこまででも透明度を増すためにも　昼は定時に街を歩きまわり夜は定時に眠りについて　味覚も聴覚も嗅覚も　音感でさえ　どこかへ惚けて。

都市はさいげんもない高みへ　限界もない地中へ取り憑かれ　爬虫類の触角を味わいつづける。地の底にさんざめく楽園　それとも繁華街でたった一晩かけただけで酔いつぶれていく都市をただ見ているだけの　わたしの犯意はなんだろうか。

夏祭り

闇のはじまりに一匹のカナカナゼミが素足のまま尿を撒き散らして消えていって　かわりのように若い女の踊り手があらわれる。そそけ髪にからみつく大太鼓のいんいんとして骨の底にとどまる残響。　ひとととひとととの隙間に入りこむ風のゆらぎに強く響いたり弱くうつろったり　打者の手捌きに耳はいっときときめいて。

………ってこういうところだ。　燈火が刻のたつほど増えつづけて　舞いは粗相火と化して　あおられ　火の泡のなかであわあわゆらぎおどり　人の群れは襞のうえに襞をかさね　熱をふくんで膨らんでいく。男の腹帯が湿った重みでくずれていき　女のはだけた二の腕と脚の脛の白さ　夏の汗にそそのかされて　鈍くてけだるい毒花の匂いをあおられるまま祭りは色感のただならぬ気配の濃さのなかしつらえられていく。したたかにいつもと同じ手口で。

祭りへと狂おしくのぼらせる異能の界へみちびく掛け声の　血を逆立て皮膚を波うたせてふるわせ　ちぢみあがらせて　他の地へいざなうように全身よじりくねらせ折りしだいて

舞いつづけ。そうやって息の根までも削ぎ取っていく。呪物で象られたいさぎよくて美しい声で。

夏の祭りは他界へいざなってくれる。耐えがたい不快感へも　耐えられる不快感へも。胃とか小腸とか大腸とかを貫通して繊細に噛みしだかれて　跡形もなくなにごともなく夏の雑草の茂み　土のそのしたにある土へ。

系図

二月の凍りつく夜中　突然目覚める。隣の布団に寝入っていたはずの兄の片方の足がわたしの軀体の上にのしかかる。心臓が毒気をふくんだ気体に浸されて圧迫され　室内を充満するほどになるころにはわたしの身体を浄化装置のように扱いやがて寝室を貫通し階下のあらゆる器物とそれを取り巻く空気を染色していく無味で無臭な。すっぽりと浸食する気配は階下の和室に寝ていた姉もろとも　浄化され気体はますます毒を増して　夜がしらじら明ける頃にはひとつの家屋にひとつの生きている系図が生まれる。
あっ　わたしには兄も姉もいないんだ。

少し毒気のある系図は無形でもあり気体でもあり幻影のようでもあって　時刻がずれるときの歪みに新しい芽の系図がついでのように生まれ　それは人の方位が兄の片方の足にも似て他人の生き死にをうながしていく。

ヘビの尾のように長いままで同じ血の色の陰翳に身をひたしながら一途に耐えられずに殴られ踏みつけられ　切りつけ発砲し　いくたの人を殺しもする。生きていた系図のいまは消滅したままに明らかにされないヘビの尾のはるか前方あたりの　生きていない系図の話を世間話のあいまにでも話してみることしかできない。すこし遠くに住む妹と弟とそれぞれのもつ家族に　明日にでもぶらりと寄ってみることにしよう。

あっ　わたしには妹も弟もいないんだった。

やもり

今朝の六時は特別に寒い
一月だからしかたがない
半開きになった玄関ドアのふち
半透明に明けかけた薄墨色の幕を透かして
白い壁の窪みにへらり張りついた
やもり　一匹
闇の質感に押しつぶされ
寒気にしぶとく晒され
わなわな軀体をちぢめて
壊れつづける自己投射のように

暗灰色の表皮はこまかな鱗に被われ
指跡の下には吸盤があって
あらゆる垂直の物体に吸いついて動きまわる
窓の外からうす赤い腹と四つの吸盤を
さわやかな水の面に浮きあがったようにあらわれ
満足にみたされ泳いでいる魚にも似た
あの夏の夜の
やもり　だろうか

父と母と
自分との限界をなめらかにわきまえ
多くのしがらみのなかで
艶めいた知覚をもって解こうとする
やもりの　血脈について
夏の驟雨の去ったあとの匂いと

冬のかじかんだ森にただよう張りつめる冷涼と
温度とか湿度とか　体温とか
熱帯と温帯と寒帯とのとっかかり
を越境してしまった
やもりの黒くくすんだ骸に
わたしは
どこへ連れて行かれるのかわからない感覚
未知数で
ささくれだった朝を迎えた

ヨツスジハナカミキリの諦念

ヨツスジハナカミキリは
山アジサイの花弁に全身をひたして
故もないまま変容を遂げようと
ひたすらにもがき
花粉はすでにほかの虫に食い尽くされて
昆虫の相は定めをなくし
諦めへと移ろいはじめる

ヨツスジハナカミキリは
体長ほどある二本の触角を大きく旋回させ

身のまわりの魔の匂いを嗅ぎ
背中にとりつく凶の気配をうかがい
頭部にひかる複眼を一つの像にまとめ敵をおいつめ
六本の脚で同族にまつわる嘘とか噂とか
あまたある謎めいたもの
たとえば鈍くてかたい皮膜をひっかいて
敏捷でいて　怠慢でいて
触角の先はさらに伸びる

ヨツスジハナカミキリの
美しい黄と黒の横縞模様は
変異するたびに土地を移りわたる
身体から湧きだす変わることへの抗いを
外界へ知れわたらすために
行く先々で色変えしなければならない

異土へと逃亡をくわだてる罪人のように

そのうえ
ヨツスジハナカミキリには
透きとおる海の青のあざやかな
ルリボシカミキリの彩色にはおよびもつかず

このようにして
どこにでも在る庭のできごとは
開かれたり　閉じられたりする
昆虫は
耐えがたくても諦めているのか

鳥たちのパパーヌ

五月の空のもとで祝祭に使われる果実が祭壇からころがり堕
ち形を失っていくさまはみるまに　たしかははのそこへ逝く
ための　純白色の　乳色の　肉色の　血の色の

ひょんなことから時の刻みかたをまちがえたために
そこへ逝かれなくなったたくさんの鳥の逝こうとするために
逞しく盛りあがる男の肩の筋肉に似た翼の
ほうじろとか　ひよどりとか　もずとか
わしとか　かささぎとか　くじゃくとか

舞いは
雨気のようにたっぷり満ち満ちた水分を含んだまま
鳥たちの翼の付け根の筋肉の硬さをつのらせ
やがて全身をくねらせて　ゆるくゆるみを休ませることなく
楽器の艶めく和音の粒立ちにまぎれこんで捻じれつづけて
乱れる羽毛は破れはて音の残響のなかへ沈んでいく
舞い堕ちて　なにもなくなった青く澄んだ空のもと
亡びゆくものたちへのパバーヌ

そこへ逝けなかった鳥たちの舞いと
そこへ逝ってしまったははの捻転する色と

＊パバーヌ（pavane）　パドヴァ風舞曲の意。十六〜十七世紀にヨーロッパで流行した宮廷舞曲。ゆっくりとして優雅なため孔雀の舞とも訳される。

II

キミたちの夏をもっと話してください

ことしの夏は
耐えがたい夏ではなかった
暑さを好む昆虫にとって
ぬるま湯にいつまでも浸かっているような
複眼はうすい膜に被われて敵をみさだめられない
腹部にある腹弁につく筋肉は躯体に似合わず強靭で
幹の髄まで振動させる鳴き声は
しと降る雨の湿り気のなかでうつうつとしてこごもる
アブラゼミの幼虫は
土の中で四回も脱皮をくりかえしているのに

土からはいだして木とか草にしがみついて孵化しているのに

ことしの夏は
耐えがたい夏が少しだけの量のまま
八月のすえに秋の冷えがひたりとしのびよる
ミンミンゼミの耳の底までふるわす暑さへの名残り
ツクツクボウシの韻律をみごとに歌いあげる声

キミたちはとどこおりなく交尾して
それから
枝や葉さきに抜け殻をぶらさげ
原っぱの土面にころげた屍を日にさらしたままで

キミたちの夏は楽しかったですか
言葉がなくてもキミたちの話を聞かせてください

わたしたちと通底させるために
セミたちの夏
セミたちのいない夏

夏のあとさき

蟬がうなるように鳴いている
ことしの夏は短くて
彼らも交尾する暇もないほど
秋が早く押しよせてくる
蟬のせっぱつまった鳴き声は
真っ当に生きている者たちの
あえぎの声に聞こえ
わたしは少しずつ　また少しずつ
腹にしまってある純粋無垢な空気が
消滅していく畏れを感じ

尻から長くのびた針で樹液を吸い上げ
蟬の雄と同一になる

八月十五日
亡夫の墓参りをする
猛暑のなかでの恒例行事
日立市はこのところの衰退ぶりで
墓所の湿り気と静寂と　それから
ゆるりとした空白の弛みにしゃがみこんで
すっ　と二本の線香を立てる
寺の樹木からアブラゼミの声の合間
ツクツクボウシが凝ったリズムを響かせ
夏の終わりをつげ
わたしは　家路につく
蟬の雌のように樹皮に卵を産みつける暇もないまま

香ばしい幻想

朱色に染まった血の海
起きがけの瞳に映った玄関
二畳にも満たないタイル張りを
溢れんばかりに被いつくした
蟹の群集
朱色の海はざわざわ
絶えまなく動き回り
奇妙な音をきしむように立て
魚の匂いがあたりに充満して
小波のうねりとなって

家の奥へ這い上がる気配を含んだもの

いくら瀬戸内の島の
小さな入江沿いに建つ家とはいえ
異様な光景
祖母とわたしは玄関の引戸を開け放ち
家の前にある潮溜め池の淵まで
ほうきで追いやった
蟹は甲羅をひっくり返され
十本の脚をもがきながら
無言ではなく　ざわざわ
不満を言いつつ落ちていった

四十年たった朝まだき
朱色に輝くトルコ絨毯の光景

蟹が織りなす奇態で美しい玄関と
祖母の立振舞いが一つになって
香ばしい潮の香りとともにゆらぎながら立ち現われた
不意をくらったように

ぐらぐらになった頭

ぐらぐらになった頭を両手でささえて
歩くのはとても疲れる
脳髄はスポンジ状で軽くて
たっぷり溜まった脳漿の水のなかに浮いて
わたしの両腕は痺れて感覚がなくなり

街の大通りを人が行き交う
行儀がよくて　衣服もきれいで
言葉は明るくて歯切れよく
店の料理は色彩豊かに盛りあわされて

何もかも　見えるものだけ

秋から冬へと　移りゆく自然との慣れ合いに
従順さで応え
ぐらぐらになった頭を両手でささえて
歩き続ける
ときどき片腕をはずし道端にしゃがんで休みをとる
痛みを透かして
今まで見えなかった世界が　そこに
屹立して　そこに在って
植物とか　動物とか
日用品とか　衣類とか　食料品とか
政治とか　経済とか　文学とか　医学とか
行儀の悪い人や
行儀の悪い事象が

屹立して　そこに在って

ぐらぐらになった頭は
とうとう両腕で支えきれなく
並木路の真ん中にすわりこんで動けなく
横倒しに寝込んでしまう
わたしはそれでも
西南アジアの方位へ
気温五十度の熱砂の中
ゆがんで崩壊していく黄色の大地へ
革命をしかけに　起き上がろうとしている
熱風にひしゃげた革命を
拳銃をポケットから取り出して
一発　ぶちかまそうかと。

白昼夢　エジプト紀行

三月中旬、朝四時三十分、ホテルを出てアブシンベルへむかう
暗闇の人気のない街中をバスはひた走る
カイロ空港の硬い長椅子に座って
アスワン行きの出発便を待つうち
殺風景な待合室に茜色がひたひた押しよせてくる
早朝にしては搭乗者が多く
国内線にありがちな生活の匂いに満ちている
勤労者風の男たちに混じって目だけ出す黒衣の
女性とその子供たちがこちらに視線をむける
砂嵐で飛行予定がたたないというトラブルもかかえて

遅れて無事に空中へ舞いあがる

「ルクソール空港にお降りの方は縄ばしごを下ろしますので、
お間違いのないように搭乗口の前にお集まりください」
機内アナウンスがかすかに耳穴の底で響く
はじめはアラビア語で、つぎに日本語で
窓ガラスに額をおしつけ見下ろす
斜めにさす朝日にきらきらと輝やく
赤茶色に燃えあがった砂のおお海原
それがはてて切れる地平線の上のまっ青な空と

砂漠の表面のところどころの小高い丘
突起のような大きな風紋が目立つ
しばらく目を凝らして見つづけたが
同じ位置と同じ形状のままずっとそこにある

きっと飛行高度のせいだ、と思い込ませたが
いまでも納得していない

ルクソール空港に（いや空港の真上に）到着したらしく
乗客のざわめきが聞こえる
搭乗口が開いてするする縄ばしごが下ろされ
乗客たちがぶらさがってふわりふわり茶褐色の砂地へ降り立っていく

砂嵐も大したことなく
午前七時十五分アブシンベルに到着
ひんやりとしてここちよい気温だが
風はかなり強く空は砂の黄色に沈んで、地上は遠く霞んでいた
飛行中に睡眠を補った、と同時に白昼夢も跡形もなく消える
ルクソール空港も縄ばしごで降りる空中到着
もあるはずはない

これから数日かけて巡る古代遺跡
消滅してしまった神々への祭祁や墓
かつてあるはずだったのにない
その狭間にほんのいっとき落ち込んだのだろうか
空中から古都テーベへ
イシスやオシリス、ホルスやトト
たくさんの神々のように
縄ばしごを使って降臨し
古代エジプトをすべて俯瞰する
なんて驕りはさらさらないが

それにしても微動だにしなかったあの大きな風紋
なぞはいまも　わからない

石畳のさざ波――ディジョン

フランス紀行

ディジョンは
賑やかでかつ中世の持つ壮大さを備えもった
思いもかけない魅力ある都市だった
十四、五世紀に
ブルゴーニュ公国の首都として繁栄した
パリから特急に乗れば一時間四十分
地方に多く残る古都のひとつ
市内はさほど広大ではなく観光名所も少ないが
そんなながで際立つ名所は
かつての大公宮殿

いまは市庁舎、美術館として市民が利用している
周辺の中世建造物と
それらを際立たせてみせる広場に
石畳のさざ波がいちめん被いつくす
整然として長い年月と向き合いつづけた
王国の栄華の佇まいを
その一画はどっしり支配しているさまを目の当たりにする

中心街の両側に並ぶ店の脇に
色とりどりの旗がはためいていて鮮やかに
デパートやブランド店を浮き立たせる
人も車も混乱するほどではない
それでも六月半ばはベストシーズンで
それなりには観光客も多いが
路地にはいればば人通りも店もまばらだ

マルシェは色の鮮やかさと人と人とのぬくもりが
旅の疲れをいやしてくれる場所だ
小さな店の店員はほぼ全員アフリカ系黒人で
賑わう色どりのテントから吊りさがったバッグや衣服の合間
顔だけこっちに向ける

清潔そうな白い建物の食料市場には
肉類、魚類、野菜類、加工食品が豊富に並び
ほとんど白人の店員が立ち並ぶ
安定した専属店舗と
流れ者でなりたつ青空テント商人の格差が
美しい古都の佇まいに挟みこまれて
奇妙なバランスをとりながら町のかたちで立っている

あとがき

いつの間にか、前の詩集が世に触れることになってから十年が過ぎた。その間、私のなかで少なからず詩の表現方法に変化があった。それは表象の部分だけに起こったはずはなく、言葉をそれとどう向き合わせるのか、だった。日本語には古語あるいは古典語にゆたかに表出すべきものがたくさんある。今では死語となってしまった言葉が、どれほど多く失せていったか。失せていった言葉と今を生きる新しい言葉が表裏で、もはやこの二つがせめぎあうこともない時代にいて、傍観しているのではない自分の位置を探そうとした。例えば「戦いでいる大都会」の「戦いでいる」は、今では「そよいでいる」としか使われない。「風が戦いでいる」では事実認識としてほど遠いのだ。私はNY市を訪れて、あえて表象として「戦いでいる」とした。これはきわめて個人的な感性の問題であり、そこに個として成立する詩の表出の理由がある、と思うからだ。

Ⅰは前述した詩群で、Ⅱは五、六年前の詩群になる。

いつも励ましのお声をかけてくださった多くの方々に感謝いたします。またこの度の出版にあたり思潮社の遠藤みどり様には大変お世話になりました。感謝申しあげます。

藤井章子

二〇一三年秋

藤井章子（ふじい　あきこ）

一九三九年　東京に生まれる

詩集
『燔祭の記録』（イザラ書房・一九七〇年）
『夜想曲』（七月堂・一九八四年）
『しらじらとして白々と』（草原舎・二〇〇一年）

詩誌
「INTENSITÉ」（アンタンシテ）を主宰（一九八六年〜一九九六年）
「すてむ」「第二次・詩的現代」「光芒」同人
日本現代詩人会会員

現住所
〒二七〇 - 二二五三　松戸市日暮四―一五―九　野原方

文月《ふづき》にはぜる

著者
藤井《ふじい》章子《あきこ》
発行者
小田久郎
発行所
株式会社思潮社
〒一六二—〇八四二　東京都新宿区市谷砂土原町三—十五
電話〇三（三二六七）八一五三（営業）・八一四一（編集）
印刷・製本
創栄図書印刷株式会社
発行日
二〇一三年十一月二十日